Karl Friedrich August Kahnis

Die Erfüllung der Zeiten

Antigonos

Karl Friedrich August Kahnis

Die Erfüllung der Zeiten

Unveränderter Nachdruck der Originalausgabe von 1877.

1. Auflage 2024 | ISBN: 978-3-38641-282-7

Antigonos Verlag ist ein Imprint der Outlook Verlagsgesellschaft mbH.

Verlag: Outlook Verlag GmbH, Zeilweg 44, 60439 Frankfurt, Deutschland
Vertretungsberechtigt: E. Roepke, Zeilweg 44, 60439 Frankfurt, Deutschland
Druck: Libri Plureos GmbH, Friedensallee 273, 22763 Hamburg, Deutschland

Die Erfüllung der Zeiten.

Die Erfüllung der Zeiten.

Vortrag

gehalten am 24. Januar 1877

im evangelischen Vereinshaus zu Leipzig

von

Dr. K. F. A. Kahnis.

Leipzig.

Böhme & Drescher.

1877.

Wir stehen jetzt in der Epiphanienzeit, die ja ein
Nachglanz der Weihnachtszeit ist. Das Wort, welches
diese Zeit beherrscht, ist das Prophetenwort: Mache
dich auf und werde Licht, denn dein Licht kommt und
die Herrlichkeit des Herrn gehet auf über dir. Als
der greise Simeon, der von der Sehnsucht lebte den
Verheißenen zu schauen, um dann in Friede fahren
zu können, in dem Kinde Jesu den Messias seines
Volkes erkannte, da nannte er ihn ein Licht zu er=
leuchten die Heiden und zum Preise des Volkes Is=
rael. Dieses Licht aber erschien Juden und Heiden
als die Zeit erfüllet war. Worin nun diese Er=
füllung der Zeiten liegt, davon möchte ich heute
zu Ihnen, hochverehrte Anwesende, reden.

Schon die Thatsachen der Geburt Christi sind
Zeichen der Erfüllung der Zeiten.

In den Tagen des Königs Herodes ward Jesus
geboren. Dieser erschreckliche König aus Esau's Stamm,

ein wahrer Meister des Verbrechens, war ein Zeichen, daß das äußere Reich tief gesunken war. Bei aller Aufgeblähtheit seines Wesens war Herodes doch nur ein Vasallenkönig, der von der Römer Gnade lebte. Das beweist die Schatzung, die Kaiser Augustus dem Lande dieses Königs auferlegte. Diese Schatzung aber, welche Israel so tief erniedrigte, brachte auch Jesum, den neugebornen König der Juden, in die Krippe. Die arme Familie des Hauses David, welcher der neugeborne König angehörte, theilte die Erniedrigung ihres Volkes. Aber nicht blos das Volk Israel, sondern auch die Heidenwelt war tief gefallen, als Christus geboren ward. Wer in Rom nach der Verfassung allein zu gebieten hatte, war Senat und Volk von Rom. Also nur auf den Trümmern der alt-römischen Verfassung konnte ein römischer Kaiser stehen. Und wie anders konnte dieser Kaiser ein Gebot ausgehen lassen, daß alle Welt, d. h. die Bildungsvölker, die um das Mittelmeer wohnten, geschätzet würden, als nachdem diese Völker ihre nationale Selbstänbigkeit verloren hatten. Das römische Reich war eine Welt zerknickter Völker. Auf dem Nationalgeiste aber ruhte der Nationalglaube der Heidenvölker. War aber dessen Fundament erschüttert, so begreift sich, daß Viele im Heidenthum von der Sehnsucht nach einem neuen Glauben ergriffen wurden. Allenthalben waren unter den Bildungsvölkern der alten Welt Juden ver= breitet. In allen angesehenen Städten waren Syna= gogen. Von diesen Juden der Zerstreuung ging die Kunde unter die Völker, daß aus Juda ein Weltherr hervorgehen werde. Römische Schriftsteller von un= bestrittener Glaubwürdigkeit bezeugen, daß in dem Jahrhundert, in dem Christus geboren ward, durch das ganze Morgenland der Glaube sich verbreitet hatte, daß von Juda aus ein Weltreich sich erheben werde. Die Zeichen aber dessen, was auf Erden geschehen sollte, suchten die Weisen des Morgenlandes in der Sternenwelt. Ein Stern, in dem sie den Stern des Messias sahen, führte sie nach Jerusalem. Von Jerusalem aber leitete sie das Prophetenwort nach Bethlehem.

Mögen diese Andeutungen ausreichen, die Antwort auf die Frage, worin wir die Erfüllung der Zeiten in der Erscheinung Christi zu erkennen haben, vor= zubereiten.

Wir haben sie erstlich in der Auflösung der alten Welt zu sehen; zweitens in der damit zusammen= hängenden Sehnsucht der alten Welt nach einer Reli= gion der Wahrheit und des Heils, die alle Völker umfassen werde.

I.

Wir gehen also von der Auflösung der alten Welt aus.

Unter Heiden verstehen wir nach der Sprache Alten und Neuen Testamentes die Völker außerhalb des Volkes Gottes. Da nur das Volk Gottes, Israel, mit dem allein wahren Gott in einem Bunde stand, so konnte eben deshalb das Göttliche, mit dem die Heiden sich verbunden glaubten, nicht der wahre Gott sein. Nicht an den wahren, an den lebendigen Gott, sondern an selbstgemachte Götter glaubten die Heiden. Der Stoff aber, aus dem die Völker außerhalb des Volkes Gottes sich ihre Götter gemacht hatten, war eben der Volksgeist. Wie sie selbst geartet waren, dachten und machten sich die Heidenvölker ihre Götter. Es war die Phantasie, welche aus dem Stoffe des Volksgeistes in der Heidenwelt die Götter gebildet hatte.

Nicht von allen Heidenvölkern reden wir hier, sondern nur von den weltgeschichtlichen. In die Weltgeschichte fallen aber nur die Völker, welche in die Geistesentwickelung der Menschheit eingegriffen haben. Mit diesen weltgeschichtlichen Völkern aber ist im Verlaufe seiner Entwickelung das Volk Gottes in Berührung gekommen. Als Israel noch Familie war, ward es, ohne seinen Familiencharacter zu verlieren, dem uralten Bildungsvolke Egypten einverleibt. Von Egypten ausgeschieden, ward Israel zum Volk, das Volk zum Königreich, das Königreich aber zerschlug sich in zwei Reiche, Israel und Juda. Da entstanden im Morgenlande die Weltreiche Assyrien, Babylon, Persien. Von diesen Weltreichen aber ward das Volk Gottes verschlungen. Die Assyrier führten Israel, die Babylonier Juda in die Gefangenschaft. Aus dieser erlöst, standen die Juden unter persischer Herrschaft. Der Geist der Weltgeschichte aber verließ das Morgenland, um zuerst in Griechenland, dann aber in Rom sein Lager aufzuschlagen. Wir haben also das morgenländische und das klassische Heidenthum zu unterscheiden.

Das Morgenland, die Wiege der Menschheit, ist das Land uralter Ueberlieferung, das Land der Offenbarung, das Land des Geheimnisses, das Land der Autorität und Geistesgewalt, das Land phantastischer Versenkung in das Allleben. In Griechenland und Rom aber findet der Einzelne Grund und Ziel alles Lebens im Vaterlande. Den vaterländischen Geist schön darzustellen ist das Ideal des Griechen. Und so sind denn auch Griechenlands Götter Menschengestalten, welche die sittlichen Elemente des Vaterlandes schön darstellen. Die Griechen schauen in Zeus den Herrschergeist, in Ares den Kriegsgeist, in Apollo das lichte Streben nach dem Schönen, in Pallas den Geist der das Leben lenkenden Reflexion an. Und wie es der Geist des Schönen ist, der diese Götter erzeugt hat, so besteht auch die Verehrung dieser Göt= ter darin, daß man ihnen in Tempeln, Bildsäulen, Festzügen, Wettspielen, dramatischen Darstellungen eine schöne Welt bereitet. Griechenland blühete so lange die einzelnen Stämme in Kraft waren. Nachdem aber diese Stämme sich ausgelebt hatten, ging von Macedonien das Streben aus, diese Stämme unter Oberleitung des Königs von Macedonien in eine Einheit zusammenzufassen. Alexander von Macedo= nien aber erhob sich zu dem Gedanken eines Welt= reiches, welches Morgenland und Griechenland ver= einte. Er war ein idealer Grieche, als er auszog das Morgenland zu erobern, ward aber, nachdem er bis nach Indien siegreich vorgedrungen war, von dem despotischen und genießlichen Geiste des Morgenlandes besiegt. Das Weltreich, welches er aufrichtete, zer= schlug sich in die Sonderstaaten seiner Nachfolger. Diese aber verfielen dem römischen Weltreich. Was Assyrien, Babylon, Persien und Griechenland ver=

gebens angestrebt hatten, erreichte Rom. Es vereinigte
die um das Mittelmeer wohnenden Bildungsvölker in
sein Reich. Die im römischen Weltreiche herrschende
Bildung ging von Griechenland aus. Nicht ein
politisches, sondern ein Culturreich aufzurichten, war
Griechenland beschieden. Wer auf Bildung Anspruch
machen wollte, der mußte griechisch sprechen, griechisch
denken, griechische Wissenschaft und Kunst kennen
Der schlagendste Beleg dafür ist, daß die Apostel
ihre Evangelien und Briefe griechisch schrieben und
zwar in der griechischen Umgangssprache. Was also
die weltgeschichtlichen Völker zur Zeit Christi vereinte
war römisches Reich und griechische Bildung.

Wie verschieden war doch das morgenländische
und das klassische Heidenthum. Dort Vergangenheit,
hier Gegenwart; dort Liebe zum Geheimniß, hier
klare Erkenntniß der Dinge wie sie sind; dort Aucto-
rität und Gebundenheit, hier Freiheit; dort Versenkung
in die Innenwelt, hier ein rastloses Bestreben Alles
was den Menschen bewegt herauszusprechen, heraus-
zuhandeln, herauszubilden; dort ein phantastisches
Streben ins Maßlose, hier in Familie, Staat, Kunst
und Wissenschaft die Herrschaft des Maßes.

Die klassische Welt aber, so sahen wir, ging ihrer
Auflösung entgegen. Das zeigt sich vor Allem auf

dem Gebiete der Religion. Wenn alle heidnischen
Religionen ihren Ursprung in der Phantasie haben,
welche auf Grund des Volksgeistes Götter bildet, also
in der Verehrung selbstgemachter Götter bestehen, so
begreift sich, daß die heidnischen Kulte nur so lange
Bestand hatten, als der Volksgeist in Kraft und die
Phantasie in Blüthe stand. In Griechenland aber
war nicht lange nach den blühenden Zeiten der
Perserkriege der Verfall der vaterländischen Sittlich=
keit eingetreten. Statt vom Vaterlande, ging der
Einzelne von seiner Person aus. Und an die Stelle
des kindlichen Glaubens an die alten Götter trat die
Reflexion, die nur das für wahr hielt, was sich dem
denkenden Geiste als wahr auswies. Daß aber der
griechische Götterglaube die kritische Reflexion nicht
vertrug, daß bekannte er selbst in der Sage, daß
wenn einst Zeus einen Sohn von der Metis, d. h.
dem denkenden Geist, empfangen werde, dieser Zeus
stürzen werde. Sobald man fragte, ob nun wohl
wirklich die Götter auf dem Olympos wohnten, im
Meere Poseidon, in der Unterwelt Pluto herrsche:
da mußte das Resultat der Bruch mit dem alten
Glauben sein. Mit der griechischen Bildung also
ging nothwendig der Unglaube Hand in Hand. Es
giebt wohl keinen klassischen Schriftsteller, welcher

dem Unglauben der Bildung mehr das Wort geredet hat, als Lucian. Es sei mir vergönnt, eines seiner Gespräche, Zeus der Trauerspieler (Jupiter tragoedus) genannt, kurz darzustellen.

Zeus kommt äußerst verdrießlich in den Kreis der Götter. Was ihn so verstimmt hat, ist nicht sowohl der Geiz eines Schiffsherrn, der 16 Göttern, die er zum Opferschmaus geladen, einen einzigen Hahn vorgesetzt hatte, sondern ein Gespräch, welches in der berühmten Halle Poecile in Athen, zwischen dem epicurischen Philosophen Damis und dem stoischen Philosophen Timocles über Dasein und Vorsehung der Götter stattfand. Der Epicureer hatte Beides geleugnet, der Stoiker vertheidigt. Der Letztere hatte aber mit nicht viel Glück seine Sache geführt. Heute soll das Gespräch vor vielen Zeugen zu Ende geführt werden. Und das sei eine sehr bedenkliche Sache. Ich habe nicht nöthig zu bemerken, daß Lucian damit sagen will, daß die Existenz der Götter lediglich am Glauben und Denken der Menschen hänge. Es handelt sich also um eine Existenzfrage. Das war wichtig genug, eine Götterversammlung nöthig zu machen. Mit wenig Anstand ruft Hermes der Götterherold die Götter zusammen. Es entsteht ein Rangstreit, bei dem der Coloß von Rhodus mit feinen langen Beinen befondere Schwierigkeit macht. Zeus trägt die Sache, um die es sich handelt, vor. Was zu thun? Poseidon, der Meergott, meint, Zeus solle den Epicureer einfach mit dem Blitz erschlagen. Herakles erbietet sich die ganze Halle einzuwerfen. Das Alles geht nicht. Die Götter können nichts thun, was nicht vom Schicksal geordnet ist. Das war offenbar Lucian's Glaube. Als Heracles das hört, läßt er sich sehr ungezogen gegen die Götter aus. Noch viel stärkere Wahrheiten sagt Momus, der Repräsentant Lucian's, dem Zeus. Aber, meint Momus, Apollo könne ja weiffagen. Er möge nur fagen, wie die Sache ausfallen werde. Apollo weigert sich zwar, indem er vorschützt, keinen Dreifuß zu haben, muß aber endlich doch weiffagen. Natürlich ift, was er vorbringt, blühender Unfinn. Nun beginnt die Disputation. Der Epicureer, ein geschliffener Weltmann, ist an Ruhe, Klarheit, Gewandtheit, Schlagfertigkeit feinem Gegner weit überlegen. Der Stoiker schreit, schimpft, greift alle Augenblicke zu rohen Perfönlichkeiten, sucht die Volksmuth gegen seinen Gegner zu bewegen, überstürzt sich. Er wurde aus einer Position nach der andern geworfen. Endlich faßt er, was er zu sagen hat, in einen Schluß, den er selbst seinen Nothanker nennt. Sein Gegner hatte vorher gesagt, daß er gegen Altäre nichts habe. Nun schließt Timocles: Wenn es Altäre giebt, muß es auch Götter geben. Nun aber giebt es Altäre. Folglich giebt es auch Götter. Damis antwortet mit einem unauslöschlichen Gelächter und geht mit dem Gelöbniß, nie mit ihm mehr streiten zu wollen, von dannen. Die Sache war verloren. Was machen wir? fragt Zeus. Momus antwortete: Man muß in solchen Fällen thun, als ob nichts vorgefallen wäre. Das rohe Volk und die Barbaren werden auf deiner Seite bleiben.

Der Fall des vaterländischen Lebens hatte den Fall des religiösen Lebens nach sich gezogen. Fielen aber Vaterland und Religion, so fielen auch die Grundlagen aller Sittlichkeit. Auch in den blü=hendsten Zeiten Griechenlands und Roms war die heidnische Sittlichkeit von großen Schatten getrübt. Einer der größten Kenner der klassischen Welt, Bern=hardy, sagt in seiner griechischen Literaturgeschichte, daß die Griechen in allen ihren Verhältnissen den Egoismus von Naturmenschen bewiesen haben. Die auf Sündenerkenntniß ruhende Demuth war Griechen und Römern gänzlich unbekannt. Man kann in der lateinischen Sprache Demuth kaum ausdrücken. Von einer die Menschen aller Familien, Stände, Völker

umfaſſenden Liebe wußten die Alten nichts. Für
den Griechen waren alle Nichtgriechen Barbaren, auf
die er bildungsſtolz herabſah. Was die Römer im
Grunde glaubten, liebten und hofften war ein römi=
ſches Weltreich. Daß der Weg zu dieſem Ziele nur
Gewalt und Liſt ſein konnte, verſteht ſich. Trat ein
Volk mit Rom in ein Verhältniß, ſo war Unter=
jochung durch Rom das ſichere Ende. Es gehörte
zur Staatsweisheit Roms, nicht gleich zerſtörend ein=
zugreifen. So ward Herodes der Große durch die
Gunſt des Kaiſers Auguſtus König von Israel.
Wir haben aber ſchon geſehen, daß ſein Königthum
ein reines Vaſallenkönigthum war. Nicht lange nach
ſeinem Tode ward Juda zur römiſchen Provinz ge=
ſchlagen. Wie wir Alle wiſſen, regierte ein unter
dem Proconſul von Syrien ſtehender Statthalter
(Procurator), der in Caeſarea reſidirte, Juda. Dieſe
Proconſuln und Procuratoren aber brandſchatzten in
unglaublicher Weiſe die Völker, welche ſie im Namen
Roms regierten. Wer in den höheren Staatsdienſt
eintreten wollte, durfte den Weg der Beſtechung nicht
ſcheuen. Das Geld aber, welches er aufgewendet
hatte, glaubte er nun aus der Provinz herausſchlagen
zu müſſen, die er erhielt. Der Reichthum, den
Craſſus auf dieſem Wege erwarb, iſt ſprüchwörtlich

geworden. Er entnahm allein dem Tempelschatze in Jerusalem 10000 Talente, das ist über 15 Millionen Thaler. Mit welcher Gemeinheit diese römischen Proconsuln und Procuratoren jede Gelegenheit Geld zu erwerben ausbeuteten, sagt uns allein die Thatsache, daß der Procurator Felix selbst von einem so armen Manne wie der Apostel Paulus war Geld zu erpressen hofft (Ap. 24, 26.). Man kann sich denken, daß diese vornehmen Beamten, wenn sie aus ihrer Provinz nach Rom zurückgekehrt waren, ein alle Begriffe übersteigendes Luxusleben führten. Die glänzendsten Häuser, die herrlichsten Villen, die werthvollsten Kunstwerke, die kostbarsten Edelsteine, die ausgesuchtesten Gastmähler, die feinste Kleidung, die raffinirteste Wollust — das waren die Güter, mit denen diese Römer das Leben schmückten. Die natürliche Folge war, daß die in der Hingabe an die Zwecke des Vaterlandes wurzelnde Römertugend und Römerwürde verschwanden. Man ging nur persönlichen Interessen nach. Wo aber keine Hingabe an's Vaterland ist, da kann auch keine Republik bestehen. Die Herrschaft der Cäsaren war eine politische Nothwendigkeit. Der Wille des römischen Kaisers war das Schicksal des römischen Staates. Im letzten Grunde war der Gott, den Rom verehrte, der Staat.

Der römische Staat aber ging mehr und mehr in die Persönlichkeit des Kaisers über. Und so war von der Anbetung des Staates zur Anbetung des Kaisers nur ein Schritt. Selbst die edelsten Naturen zollten diesem Cäsarencultus ihren Tribut. Gleich in seiner ersten Ecloge nennt Virgil Augustus einen Gott. Tempel wurden ihnen allenthalben errichtet. Starben sie, so sah man in ihrem Tod den Weg zur vollkommensten Vergötterung. Sie selbst mußten über diesen speichelleckenden Kultus spotten. Als Kaiser Claudius an einem vergifteten Pilz starb, sagte Nero: Die Pilze sind eine göttliche Speise, denn an ihnen hat sich Claudius zum Gott gegessen. Und was für Götter waren diese Cäsaren! Wir dürfen nur Namen wie Tiberius, Caligula, Nero, Domitian, Commodus, Heliogabalus nennen, um die grauenhafte Tiefe, in die sich die menschliche Natur verlieren kann, zu bezeichnen. Namentlich ist es die schreckliche Verbindung von Wollust und Grausamkeit, die uns in ihnen entgegentritt. Der thierische Wüst= ling Nero ist der Mörder seiner Mutter und seiner Frau, er ist Roms grausamer Tyrann und zugleich ein Schauspieler, der um den Beifall der Menge buhlt. Rom war der Sammelpunkt aller Laster, aller Thorheiten, aller Geistesverirrungen der alten

Welt. Das Wort des Herrn: Wo ein Aas ist, da sammeln sich die Adler, gilt so recht von Rom. Lucian sagt im Nigrinus: Wer Reichthum liebt und Gold bewundert, wer das Glück des Lebens in Purpur und Macht sucht, wer, unter Schmarotzern und Sklaven erwachsen, nie einen Begriff gehabt hat von Freiheit, Freimuth und Wahrheit, wer den Lüsten, vollen Tischen, Trinkgelagen, Hurerei, Zauberei, Lug und Trug huldigt: der mag nach Rom gehen!

Mögen diese Andeutungen ausreichen, um unsern Satz zu decken, daß die Zeit der Erscheinung Christi eine Zeit der politischen, weltlichen und religiösen Auflösung war.

Da höre ich aber folgenden Einwand. „Das mag sein. Was aber hat die Auflösung der alten Welt mit der Vorbereitung auf das Christenthum zu thun? Kommt man wenn man ohne Vaterland, ohne Religion, ohne Sittlichkeit ist, dadurch dem Christenthum näher? Ist es nicht vielmehr so, daß je mehr Jemand Religion, Sittlichkeit, Hingabe an's Vaterland hat, er desto mehr Empfänglichkeit für's Christenthum hat?"

Hierauf antworten wir Folgendes. Es ist eine unbestreitbare Thatsache, daß gerade diejenigen Kaiser, in denen am meisten altrömische Religion, altrömische Sittlichkeit, altrömischer Herrschergeist war — Trajan, Mark Aurel, Decius — die grausamsten Verfolger des Christenthums gewesen sind. Ihr religiöser, sittlicher, vaterländischer Sinn war an sich gut. Aber die Welt falschen Glaubens, selbstgerechter Tugend, rein politischen Trachtens, in der er wurzelte, mußte untergehen, wenn das Evangelium siegen sollte. Wäre das Christenthum in der Zeit erschienen, in welcher Griechenland und Rom noch in der Sonnenhöhe ihrer Entwickelung standen, so würde es wenig Eingang gefunden haben. Vergehen mußte, was nichtig war in der alten Welt, wenn das Evangelium in derselben Wurzel fassen sollte. Der Zorn Gottes mußte offenbar werden über alles ungöttliche Wesen, wenn das Evangelium von Christo seine Kraft, selig zu machen Alle die da glauben, siegreich erweisen sollte.

II.

Mit der Auflösung der alten Welt hing auf das Engste die Sehnsucht nach einer Religion der Wahrheit, des Heils, der Menschheit zusammen. Und das ist der zweite Punkt, in dem wir die Erfüllung der Zeiten zu suchen haben.

Nach einer Religion der Wahrheit sehnte sich die zerfallende alte Welt.

Man verseße sich nur lebhaft in die Stellung eines Heiden jener Zeit. In ihm ist ein Gottesbewußtsein, in ihm ist ein Vernunftbewußtsein. Jenes sucht Gott, dieses die Wahrheit. Der Gott suchende Heide giebt sich seiner Volksreligion hin. Es ist doch in ihr Gottesfurcht, Glaube an eine Vorsehung, Sehnsucht nach einem Leben nach dem Tode. Aber dem Glauben an die Volksgötter widerspricht das Vernunftbewußtsein, das durch die steigende Weltbildung genährt wird. Ein allgemein geachteter Zeuge der Weltbildung nicht lange vor Christi Eintritt in die Welt, Cicero, fragt: Wo ist ein altes, schwaches Weib, welches noch glaubt, daß es eine Unterwelt, einen dreiköpfigen Höllenhund giebt? Die Kritik, welche die Weltbildung an dem alten Götterglauben vollzog, war eine gerechte. Diese auf Phantasie ruhende Götterwelt mußte vergehen. Aber ohne Religion kann der Mensch nicht sein. Welcher Religion ergiebt er sich? Einer Religion der Vernunft. Was aber sagt die Vernunft von der Religion? Wer so fragte, den wies man an die Philosophen. Unzählige aus der Welt der alten Bildung vertrauten sich der Philosophie.

Welche Bedenken aber dieser Weg hatte, soll uns wieder Lucian sagen. Er hat es am klarsten und würdigsten in seinem Hermotimus ausgesprochen. Lycinus, der offenbar Lucian's Rolle spielt, trifft einen alten Bekannten, Hermotimus, der mit großem Eifer in die Vorträge eines stoischen Philosophen eilt. Zwanzig Jahre hat er schon seinen Meister gehört. Er ist sechzig Jahre alt. Auf die Frage des Lycinus, wenn er denn das Ziel dieser Philosophie erreichen zu können glaube, meint er, es könne wohl noch zwanzig Jahre dauern. Und worin besteht dies Ziel? In der Weisheit, welche Wesen und Werth aller Dinge erkennt; in der Erhabenheit über alle irdische Leidenschaften; in der ungetheiltesten Seligkeit. Der Weise gleicht dem Heracles, der, nachdem alles Irdische an ihm verbrannt ist, zu den Göttern auf= steigt. Dieses Ziel hat mein Lehrer längst erreicht. Sage mir, fragt Lycinus, ob diejenigen, welche diesen Gipfel erreicht haben, zuweilen wieder herabsteigen zu dem, was die gewöhnlichen Menschen treiben? Nie, antwortete Hermotimus. Nun, sagt Lycinus, dein Lehrer war neulich gegen einen Zuhörer, der ihn nicht bezahlt hatte, so wüthend, daß er nahe daran war ihm die Nase abzubeißen. Verletzt will Hermotimus fort. Bleibe nur ruhig hier, antwortet

Lycinus, dein Lehrer hält heute keine Vorträge. Er war gestern bei einem Schmauße, in Folge dessen er heute krank ist. Auf diesem Schmauße kam er in einen sehr lebhaften Streit mit dem peripatetischen Philosophen Euthydem. Diesen schlug er recht eigentlich auf's Haupt, indem er einen ungeheuren Becher ihm an den Kopf warf. Wie konnte auch der thörichte Euthydem mit einem über alle Leidenschaften erhabenen Manne in dem Augenblick, wo er einen Becher in der Hand hatte, anbinden. Und nun fragt Lycinus seinen Freund, wie er doch dazu gekommen sei, gerade einen Stoiker zum Führer der Wahrheit zu erwählen. Er habe ja ebenso gut einen Platoniker, einen Peripatetiker, einen Epicureer, einen Pythagoräer, einen Cyniker u. s. w. wählen können. Alle behaupteten den Weg zu wissen zu der Stadt der Wahrheit, wo aus allen Völkern, Ständen, Lebensverhältnissen die Guten zusammen wohnen sollen. Und doch führt Jeder auf einem anderen Wege in eine andere Stadt. Wollte man nun jede dieser Philosophien durchstudiren, um zu prüfen, welche die wahre sei, müsse man zweihundert Jahre alt werden. Und dann sei noch sehr die Frage, ob man in der rechten Weise prüfe. Als sich Hermotimus der stoischen Philosophie ergab, habe er weder diese noch eine andere Philosophie prüfen können. Er habe sich rein vom Zufall leiten lassen. Und statt der Vernunft zu folgen, habe er sich in einer Welt unbewiesener Begriffe bewegt. Er habe einen Mann zum Führer der Tugend erwählt, der es wahrlich nicht verstehe seine Schüler besser zu machen. Im Streben sich über den gemeinen Haufen zu erheben habe er ein Ziel angestrebt, das für den Menschen unerreichbar sei.

In diesem merkwürdigen Gespräch sagt einmal Lucian: „Ja wenn ein Schiedsmann aufstände, von dem wir Alle wüßten, daß seine Lehre unfehlbar wäre." Hier spricht er einen Gedanken aus, der Vieler Herzen bewegt. Man sehnte sich nach einer Religion, die auf göttlicher Wahrheit, auf Offenbarung ruhte. Das Land uralter Offenbarung, das Land des Geheimnisses, das Land heiligen Schauers war das Morgenland. Und so begreift man, daß viele Menschen in der alten Welt sich den Kulten und Geheimnissen des Morgenlandes zuwandten. Man ließ sich in die Geheimweihen der Isis und des Mithras aufnehmen. Man ließ sich von Chaldäern die Sterne deuten. Vor Allem hatte man einen besondern Zug zu den Juden. Von ihrer außerordentlichen Verbreitung in der alten Welt haben wir schon gesprochen. In der Mitte des ersten Jahrhunderts mögen allein in Rom gegen 80000 Juden gewesen sein. Die Juden aber harreten eines Messias. Dafür nun hatten auch Viele in der Heidenwelt ein Verständniß. Während im klassischen Heidenthum auf der einen Seite uns der Glaube entgegentritt, daß die Gottheit in Gesetzgebern, Dichtern, Propheten, Weisen sich offenbare, trat uns auf der andern Seite allenthalben ein Streben entgegen, Menschen zu vergöttern. Das klassische Heidenthum suchte einen Gottmenschen. Darum verkündete der Apostel Paulus zu Athen, von dem Satze des Aratus ausgehend: Wir sind göttlichen Geschlechts, daß Gott in einem Menschen, den er von den Todten auferweckt habe, den ganzen Erdkreis richten werde. Die Anbetung der römischen Kaiser war nur ein Zerrbild der Anbetung eines göttlichen Menschen. Was die Schüler des Sokrates in ihrem Meister suchten, was die Stoiker ihrem idealen Weisen zuschrieben, was die Neuplatoniker in alle große Männer der Vergangenheit hineindichteten: das erschien in dem Worte, das Fleisch ward. Vom Morgenlande erschien der Aufgang aus der Höhe, ein Licht zu erleuchten die Heiden.

Nach einer Religion des Heils sehnte sich ferner die alte Welt.

Die Menschen der alten Welt wurden durch Staat, Sittlichkeit, Religion vereint. Waren, wie wir sahen, diese Bänder gerissen, so blieben eben nur einzelne Menschen übrig. Menschen, die kein Vaterland, keine sittlichen Schranken, keine Religion haben, leben ebensomit nur ihren persönlichen Interessen. Als im Anfang dieses Jahrhunderts Vaterland und Kirche ihren Einfluß auf die Deutschen im hohen Grade verloren hatten, da gingen die Einzelnen den Leiden und Freuden der Familie, den Gefühlen der Liebe und Freundschaft, den Bestrebungen der Bildung, den Idealen der Kunst nach. Jetzt werden die Einzelnen zwar nicht von den religiösen, desto mehr aber von den industriellen, merkantilen, socialen, humanistischen u. s. w. Interessen so hingenommen, daß sie nicht recht dazu kommen, die Bedeutung des persönlichen Lebens zu verstehen. Zur innern Einkehr in sich kommen nur Wenige. Versetzen wir uns nun in die alte Welt, so bot sich dem Einzelnen, der über sein Leben verfügen konnte, entweder der Weg der Lust oder der Weg der Tugend. Für einen reichen Römer, der den Weg der Lust betreten wollte, that sich eine Zauberwelt von Genüssen auf. Der Weg der Tugend aber ging, wie Hermotimus sagt, über gefährliche Felsenpfade nach lachenden Höhen. Die den Weg der Lust wählten, bekannten sich zu Epikur, die den Weg der Tugend wählten, zu den Stoikern. Man hat daher die epikurische und die stoische Philosophie die beiden großen Confessionen der alten Welt genannt. Wer aber das Leben der Kaiser kennt, welche den Weg der Lust, den sie betraten, mit Genüssen schmückten, wie sie die Welt noch nicht gesehen hatte, der weiß, daß er, wie das bekannte Wort von der Bahn des Lasters sagt, in Nacht und Grauen endete. Das wußten auch die Alten. Plutarch schrieb eine Schrift, daß man nach Epikur nicht glücklich leben könne. Niemand wird der nicht kleinen Zahl von Männern, welche den stoischen Tugendpfad mit Ernst gingen, seine Achtung versagen. Die stoische Tugend verband sich mit der altrömischen Manneskraft. Ich nenne nur Brutus, Cato, Marc Aurel. Untersucht man aber diese stoische Tugend näher, so findet man auf ihrem Boden ein aufgeblähtes Selbstbewußtsein, einen Trotz, der im Unterliegen stolz zu den Göttern sagt: Die siegreiche Sache gefiel den Göttern, die besiegte dem Cato, mit dem Löwenfell des Heldenmuthes be=deckt dem feigen Selbstmord, der da sagt: Ein Aus=weg steht offen, wollt ihr nicht kämpfen so fliehet, eine Gemüthshärte, die eine Welt zerschlagen könnte,

um sie einem selbstgemachten Ideal zu opfern. Und
die stoische Haarschur wie der stoische Bart bedeckten
viel Schein. Wir dürfen dem Lucian nicht trauen,
wenn er jede Gelegenheit benutzt die Philosophen
lächerlich zu machen. Wenn er die Philosophen jäh=
zorniger als kleine Hunde, furchtsamer als Hasen,
zudringlicher als Affen, geiler als Esel, diebischer als
Krähen, streitsüchtiger als Hähne nennt: da hört
man schon, daß hier verleumberische Declamation ist.
Aber auch auf Seiten der stoischen Tugendhelden ist
viel leere Declamation. Man findet bei Nero's
Lehrer Seneca Stellen, die an's Evangelium erinnern.
Und doch war Seneca ein erschrecklicher Mensch, der
dem Muttermorde seines scheußlichen Schülers das
Wort reden konnte. Im Besitze eines ungeheuren
Vermögens schrieb er das Lob der Armuth. Warum
lange den Tod fürchten, hatte er gefragt: der Tod
dauert ja nur einen Augenblick. Als ob man nicht
in einem Augenblick Alles verlieren könnte: selbst
das ewige Leben. Wie nichtig solche Verstandessätze
sind, wird er wohl selbst erfahren haben, als er sein
Blut ausströmen ließ. Nicht was die Epicureer und
Stoiker Positives aufstellten, sondern der Standpunkt
von dem sie ausgingen, ist ein bedeutsames Zeichen
der Zeit. Sie gingen von der Frage aus: Was ist

des Einzelnen höchstes Gut? Was soll der Einzelne thun, das wahre Leben zu finden? Wo aber so gefragt wird, da ist der Boden bereitet für die Botschaft vom Heil in Christo. Denn das ist der Mittelpunkt des Christenthums: die Rettung der einzelnen Seele durch den Glauben an Jesum Christum.

Werfen wir einen Blick auf die Erfahrungen, die uns das tägliche Leben bringt. Da giebt es so manche Häuser, wo das Christenthum keine Aufnahme findet. Warum nicht? Die Menschen sind zu befriedigt in ihrem Reichthum, in ihrem bürgerlichen Ansehen, in ihren Bildungsinteressen, in ihren glücklichen Familienbeziehungen. Das läßt Gott eine Zeit lang so hingehen. Dann kommt plötzlich ein Schlag, der Reichthum, Ehre, Glück dieser Familie in ihren untersten Tiefen erschüttert. Die Welt, die zwischen ihnen und Gott liegt, bricht zusammen. Und nun fühlen sie, wie es sein wird, wenn das ganze Leben einmal zusammenbrechen wird. Sie fangen an zu fragen: Was soll ich thun, daß meine Seele gerettet werde. Und wenn sie so fragen, dann verstehen sie Den, der vor der Thüre steht und anklopft.

So mußten auch in der alten Welt die einzelnen Menschen von der ganzen Welt, in der sie das

Höchste fanden, abgelöst werden, atomisirt werden, um von der Sehnsucht nach Rettung ihrer Person ergriffen zu werden. Die Stoiker suchten Tugend, die Epicureer Lust. In Jesu Christo ist Gerechtigkeit und Seligkeit unzerreißbar verbunden. Wer im Glauben an Jesum die Gerechtigkeit ergriffen hat, hat in ihr auch das Anrecht auf das ewige Leben.

Endlich war es die Sehnsucht nach einer alle Völker umschließenden Religionsgemeinschaft, welche die alte Welt auf das Christenthum vorbereitete.

An der Universität Leipzig hat sich von einer Generation zur andern ein Sprüchwort verpflanzt: Extra Lipsiam non est vita et si est vita non est ita, d. h.: Außer Leipzig kein Leben. Wer jetzt dieses Wort rührend findet, der muß doch zugestehen, daß die beschränkte Selbstseligkeit, der dies Wort entsprungen ist, längst hinter uns liegt. Aber veranschaulichen kann uns dies Wort, wie die Griechen in der Zeit ihrer nationalen Blüthe das Urtheil fällen konnten: Alle Nichtgriechen sind Barbaren. Aber aus dieser Enge wurden die Griechen durch den fortschreitenden Geist der Weltgeschichte herausgeworfen. Als die griechische Bildung Weltbildung ward, konnten die Griechen die Völker, die diese

Bildung hatten, nicht mehr Barbaren nennen. Sie mußten dankbar sein, daß das große römische Weltreich einem überwundenen Volke noch solche Bedeutung zugestand. Und dies römische Reich hatte doch eine außerordentliche Gabe Bildung zu verbreiten. Von Rom aus gingen Kunststraßen durch alle Länder des ungeheuren Reiches. Allenthalben Brücken, Wasserleitungen, Castelle. Aller Orten Militärcolonien. Wie viel Schlösser und Städte nur in Deutschland aus den Lagern, Castellen, Colonien hervorgegangen sind, ist bekannt. Der Mittelpunkt eines solchen Weltreiches war eben somit die erste Stadt der Welt. Das war Rom. Da waren alle Völker, alle Volksreligionen, alle Geisteswege der Menschheit vertreten. Die Griechen nun, die in diese Weltstadt kamen, mußten sich gestehen, daß die Götter anderer Völker am Ende dasselbe Recht haben wie ihre eigenen. In jener Götterversammlung, die uns oben Lucian schilderte, ärgerte sich zwar Poseidon über den Anubis, das egyptische Hundsgesicht, das neben ihm saß. Allein im Grunde hatte dieser egyptische Gott ebenso gut Sitz und Stimme im Götterrathe als er selbst. Auf dem weltgeschichtlichen Pflaster von Rom mußte die Forderung einer allgemeinen Religion entstehen. Das römische Weltreich forderte eine Weltreligion. Wo aber war die? Die griechische, die egyptische, die persische Religion waren selbstverständlich Local=religionen. Da bot sich der Weg einer Zusammen=fassung aller dieser Localreligionen zu einer Universal=religion. Allein wie konnte man von einem Griechen verlangen, daß er zugleich die egyptischen, persischen u. s. w. Götter verehre? Eine solche Religions=mengerei konnte zu nichts führen. Aber in jeder dieser Religionen lag doch etwas Wahres. Konnte man nicht auf dem Wege der Philosophie dies Wahre feststellen? Aber die Philosophie war ja selbst wieder in verschiedene Philosopheme zerschlagen. Da machte die alte Welt noch einen Versuch, den man in der That einen großartigen nennen muß. Die Neu=platoniker erfaßten den Gedanken, eine Gesammt=philosophie aufzustellen, welche die beiden großen Ge=stalten der alten Philosophie, Plato und Aristoteles, in eine höhere Einheit zusammenfaßte. Mit dieser Universalphilosophie aber glaubte man die Volks=religionen stützen zu können, indem man ihnen philo=sophische Ideen unterlegte. Und diese Richtung fand in Julian ihren Vertreter auf dem Kaiserthron. Aber eben das Regiment dieses Kaisers, der Alles aufbot, das Christenthum von außen und innen aufzulösen, bewies, daß die Zeit des Heidenthums vorüber war.

Das Heidenthum war nicht im Stande, eine Welt= religion hervorzubringen.

Ueber das ganze römische Reich waren die Juden zerstreut. Viele ernste Heiden erkannten, daß in ihrem Lager die Wahrheit war. Aber zwischen den Juden und den Völkern lag die eherne Mauer des Gesetzes, welche den Juden verbot mit Heiden in Gemeinschaft zu treten. Von ihnen wie sie waren konnte kein Weltreich der Religion ausgehen. Aber sie harreten eines Messias, der ein Weltreich Gottes aufrichten werde. Diesem Weltreiche Gottes den Weg zu bereiten, war die Bestimmung des römischen Reiches. Hätte Gott nicht durch die Pflugschar seiner Gerichte den Boden des römischen Reiches durchpflügt gehabt, so würde er nicht empfänglich gewesen sein für das Samenkorn des Evangeliums. Den Boten des Heils desselben übergab Griechenland seine Sprache, Rom seine Straßen. Und so verbreitete sich denn das Christenthum über das römische Reich mit wunder= barer Siegeskraft. Noch ist freilich dem Christenthum die ganze Erde nicht unterthan. Die Kraft aber und die Bestimmung, alle Völker in sich aufzunehmen, hat das Christenthum, denn es ist das Reich der Wahrheit, des Heils, der Menschheit.

Die Erfüllung der Zeiten haben wir in der Auf=
lösung des politischen, sittlichen und religiösen Lebens
zu erkennen, welche nothwendig war, wenn die Men=
schen der alten Welt dem Verheißenen ein in der
Welt unbefriedigtes, geistlich armes, nach Gerechtigkeit
hungerndes und dürstendes, mühselig und beladenes
Herz bringen sollten. Nur den Kranken ist Jesu
Arzt: nur den Heilsbedürftigen Heiland. Und so
mußte denn das Alte untergehen, wenn das Neue
aufgehen sollte. Wir schließen mit den Worten, mit
denen wir begannen: Mache dich auf und werde Licht,
denn dein Licht kommt und die Herrlichkeit des Herrn
gehet auf über dir.

Ferner erschien in zweiter Auflage.
Novalis Gedichte.
Herausgegeben
von
Willibald Beyschlag.
Inhalt: Einleitung und Biographie. — Hymnen an die Nacht. —
Geistliche Lieder. — Vermischte Gedichte. — Aus Heinrich
v. Offterdingen.
Preis broch. 1 M. 20 Pf., eleg. geb. 1 M. 80 Pf.

Das Büchlein eignet sich vorzüglich als sinniges Geschenk und ist
diese Ausgabe von allen Seiten lobend beurtheilt worden:

Es sind alte liebe Bekannte, die uns hier in einem und zwar recht
schönen Gewande, vereint mit anderen, weniger bekannten Gedichten
von Novalis, einem Verzeichnisse sämmtlicher Werke des Dichters, sowie
einer guten Biographie desselben von Professor Beyschlag dargeboten
werden. Hoffentlich finden sie nicht blos ihre alten, sondern auch recht
viele neue Freunde.   (Reichsbote 1876 Nr. 268.)

Aus dem Kreise der Romantiker erhebt sich eine jugendliche Gestalt,
talentvoller, als alle Gesinnungsgenossen und umflossen von holdester
Anmuth. Es ist dies Leopold von Hardenberg (Novalis), der Dichter,
den die Muse der romantischen Schule am heißesten geküßt. Willibald
Beyschlag, der bekannte Verfasser des schönen Buches „Aus dem Leben
eines Frühvollendeten", hat in einem sehr sauber ausgestatteten Bänd=
chen mit liebevoller Hingebung diese edlen Dichtungen gesammelt und
denselben eine warm empfundene Biographie des Dichters beigefügt.
Diese Arbeit ist eine sehr dankenswerthe, da bisher eine solche Ausgabe
auf dem Büchermarkte fehlte. Das höchst gewissenhaft redigirte Buch
ist allen Freunden der Poesie auf's Beste zu empfehlen.
                              (Elberfelder Zeitung.)

Druck von Brückner & Niemann in Leipzig